AF232697

.ERN. BOSIERS.

harald·Roi·

drame.

LACOMBLEZ, éditeur.

Z
BARRES
B.I.86

80 1863

pages coupées le 5 mars 2008

à Maurice Barrès
Cordialement
Ernest Daudet

HARALD ROI

Barrès
8156

DU MÈME AUTEUR :

LA SONATE,
Comédie en un acte en prose.

LA VIEILLE FILLE,
Drame en trois actes en prose.

LES FRAISES,
Saynète en prose.

PIERROT NOCTAMBULE,
Pantomime en quatre tableaux.

LES VIEUX,
Drame en un acte en prose.

En préparation :

De la Trilogie : Le Roi Harald à la
Blonde Chevelure.

HARALD ENFANT, Roman.

LA VIEILLESSE D'HARALD, Drame.

Ernest BOSIERS.

HARALD ROI

Drame en neuf scènes.

A S. A. R.

le Duc de Saxe Meiningen

AVEC GRATITUDE.

PERSONNAGES :

HARALD.
ORA, son esclave.
GIDA, son épouse.
THORNHILDA, sa maîtresse.
LEIF, son oncle.
THORBJARG, sa tante.
Le Général GUTTORM.
DIVERS PERSONNAGES SECONDAIRES.

———

L'action se passe en Norvège au début des temps historiques de ce pays.

—

SCÈNE PREMIÈRE.

HARALD ROI.

Une chambre du palais.
La nuit.

HARALD.

Laisse-moi, enfant. Va, je t'assure, je n'ai plus besoin de toi.
Des sanglots?

ORA.

Maître!

H.

Eh bien? Eh bien, Ora?

O.

Maître, il vous arrivera malheur cette nuit! J'ai vu la lune
sanglante! Le vent est glacé! Il hurle dans les sapins! L'un
d'eux, le plus formidable, s'est abattu à côté de moi, avec des
craquements d'os broyés! Les chiens aussi ont hurlé! Comme
quand il va mourir quelqu'un! Puis...

H.

Puis?

O.

Maître !

H.

Vous m'aimez donc bien, enfant, pour qu'un vent d'orage passant sur des sapins vous fasse penser de malheurs pour moi? Souvent, au printemps, la bise est glacée et les lunes sont rouges alors devant les soleils naissants.

Va, Ora.

O.

Je les ai entendues, Maître, les voix: HARALD ! TES ENFANTS S'ENTREDÉVORERONT ! HARALD ! TU N'IRAS PAS AU WALHALLA !

H.

Tu m'aimes trop. C'est ta voix qui a chanté à tes oreilles, comme je vois ton cœur dans tes yeux !

Non? Tu ne veux pas?

O.

Tu vas encore étudier dans ces livres venus de loin, ignorés de nous tous, où tu pris ta mélancolie profonde, et, à ce qu'il semble, le mépris de nos Dieux et de nos traditions.

H.

Peut-être ?

O.

Pardon, Maître. Je ne sais pas, moi, et Harald est roi ! Mais vous devez être las à la suite de tant de veilles, le sommeil pourrait trahir votre vaillance et pendant que vous dormirez: les voix! les terribles voix !

H.

Reste donc, puisque tel est ton caprice. Là, près du feu.

Eh, dis-moi, la lune est-elle vraiment si rouge, le vent si glacé, et mes sapins ont-ils vraiment tant souffert? Ouvre une de ces fenêtres.

> *(Ils s'approchent de la fenêtre par où tout aussitôt la lune verse une lumière éclatante).*

Que disais-tu? Voici une nuit délicieuse.

Perçois-tu le parfum des lilas, fleurs des timides amours? Et le vent ne chante-il pas quelque ballade galante? Et puis, la mer! Tu vois, la mer, enfant? C'est elle qui fit notre race valeureuse. Ne l'oublions jamais! La mer! La plus formidable, la plus caressante des choses! Quelle belle nuit! C'est par une nuit semblable, sans doute, que Freya a senti naître en elle le désir d'amour. Que furent enfantées Siona, de qui procède la vertu fidèle ; Vanadis, âme de l'espérance; Idunna, dispensatrice d'immortalité; Vara, gardienne des serments. C'est en une nuit comme celle-ci, sans doute, que fut engendré le pardon. C'est en pareille nuit que les Walkyries viendront de par le monde rechercher les élus.

O.

Maître!

H.

Tu trembles à ces mots? Oui, je sais. Mais nous avons rêvé, Ora. Pourquoi veux-tu qu'elles me fassent souffrir? HARALD! TU SERAS MALHEUREUX! HARALD! TU N'IRAS PAS AU WALHALLA!

Tu détestes ces livres. C'est un prêtre d'une autre foi que la nôtre qui me le confia. Il les a rédigés, à mon intention, dans notre langue, pour que rien d'eux ne m'échappe. Il me savait enflammé de l'amour du bien. Alors, il est venu. Il m'a expliqué ses dogmes. Il m'a ébloui par le souffle généreux qui les anime. Et il est parti, me disant que bientôt je recevrais les préceptes de sa foi et l'histoire véridique de ses Dieux et l'art de conduire les peuples à la félicité.

J'ai lu ces livres, et je me suis attaché à eux, dans leurs sens intimes.

Les Dieux ne sont pas des êtres de haine, Ora.

Tu te tais? Tu ne peux pas savoir, enfant, et je te pardonne.

O.

Je sais seulement que je t'aime, Harald.

Quand tu étais encore adolescent, quand paré de toutes les séductions de la beauté, de la puissance; quand, prince héritier, il t'eût été si facile de jouir des adulations d'une cour, tu aimais à quitter cette cour et à parcourir le pays, seul, seul toujours, te faisant passer pour un pauvre Skald, un poète errant, t'informant des misères populaires, pour serrer le peuple sur ta poitrine et écouter battre son cœur à ton cœur, comme tu disais.

Un jour, tu t'arrêtas à la demeure de mes parents...

H.

C'est ton histoire que tu vas conter?

O.

Tu appris le marché abominable que mon père avait décidé. Il s'agissait de me vendre en mariage à un homme exécré. Tu vis l'horreur que m'inspirait cette stupide pratique de nos pays. Je te suppliai de m'emmener. Tu voulus bien me permettre de te suivre et je t'aimai. Tu voulus seulement que pour que personne ne pût croire que le Skald Thorgest, comme tu disais te nommer, aimât d'amour, je prisse ces vêtements d'homme. Depuis, je t'ai suivi partout, m'arrêtant seulement, tous les soirs, ici, à la porte de cette chambre, celle qui sera ta chambre nuptiale, t'adorant, Harald, comme les Dieux !

Je sais — les voix ! les voix ! — qu'ils ont résolu ton malheur ! Et je m'attache à tes pas, me berçant de cette espérance, folle, mais charmante, qu'une femme sait conjurer tous les malheurs qui menacent celui qu'elle aime, ces menaces vinssent-elles des Dieux !

H.

Comme ta voix est douce, petite fille, et comme je t'aimerais, si je t'aimais !

Mais, va, va dormir. Fais comme mes gardes qui sont là-bas, chaudement enveloppés, et qui dorment, malgré la consigne et qui rêvent, peut-être, comme toi, d'amour ineffables et impossibles. Dors, petite.

> *Ora se couche.*
> *Harald prend place à la table.*
> *Quelques instants.*
> *Tout à coup surgit dans l'embrasure de la fenêtre restée ouverte, un homme.*

C'est Leif. La lune projette son ombre distinctement sur le parquet.

Il a reconnu Harald. Il détache de sa ceinture une hâche et gravit la fenêtre.

L'attention d'Harald a été attirée sur cette ombre se projetant sur le parquet, à ses pieds. Il en a suivi tous les mouvements.

Leif se précipite vers Harald, la hâche levée.

Au moment où il va l'atteindre, Harald se lève et retient le bras de Leif.

HARALD.

Mon oncle !

LEIF.

Chien !

Ora s'est éveillée et s'est emparée de la hâche.

H.

Oh ! Je sais toute votre haine. Vous auriez tenu, n'est ce pas, à continuer votre existence de brigandage, de piraterie et de maraude, vous et mes grands Seigneurs, vos alliés. Vous avez, dès que je suis monté sur le trône, trouvé en moi, un Souverain qui vous a empêchés de continuer cette vie. J'ai défendu et puni sévèrement le Strandhung. Vous avez formé un parti puissant. Je suis allé à lui, je lui ai parlé et il vous a fait défection. Vous vous êtes ensuite, à prix d'argent et de promesses, formé une armée et vous m'avez défié et je vous ai battus. A tous les survivants de la mêlée, j'ai donné la vie sauve, au lieu de les faire précipiter dans le Glommen, comme c'était mon droit, moyennant, seulement votre promesse de fidélité. Vous n'avez pas tenu parole, mon oncle !

L.

Chien !

H.

Et je pourrais vous faire tuer encore.....

L.

Non, ce n'est pas seulement de nous avoir ravi nos privilèges, le Strandhung et d'autres, que nous nous plaignons :
tu es la honte de notre race!

Pour ce qui est de ces privilèges, les vaincus sont à nous,
puisqu'aussi bien, à leur place, nous eussions été les leurs.

Mais c'est surtout pour avoir trahi nos Dieux et nos lois que
ta vie nous est exécrable! Tu désertes notre foi! Ne dis pas
non! Tu n'as pas encore rompu ouvertement avec elle, mais
tu hésites, simplement par lâcheté. Abusant du pouvoir que
te conféra mon frère, tu rêves d'introduire parmi nous des
dogmes honnis!

Nos Dieux feront pleuvoir sur nous leurs vengeances, et
l'immense empire dont tu héritas, fils dénaturé....

H.

Je saurai le faire respecter, Leif.

La loi que j'imposerai à mes peuples?

En vérité, je ne le sais encore. Ce ne sera, certe, pourtant
pas celle de vengeance qui vous est chère.

L.

Mais cette loi est celle de nos Dieux!

H.

Des vôtres, Leif.

L.

Ceux de ton père!

H.

Mon père, l'illustre Holfdan, est mort dans l'ignorance de
dogmes meilleurs : il siège sans doute au banquet des Dieux!
A moins que noûs ne soyons tous que poussière et que seul le
vent dispose de nous!

ORA.

Seul le vent dispose de nous!

Leif s'est élancé vers Ora.
Elle a jeté la hâche par la fenêtre
et s'est réfugiée auprès d'Harald.

H.

Leif, cette enfant vient de jeter ta hâche parmi mes soldats,
veillant dans cette cour. Ils vont accourir et me demanderont
que tu meures. Je t'aime, pauvre abusé. Fais moi cette promesse,
sur la mémoire de ma mère vénérée, Ragnilde, qui t'aimait
aussi bien que je t'aime, que tu me laisseras accomplir mon
œuvre de régénération, et, une fois encore, je t'accorde la vie.

L.

Non. Ton œuvre, je la hais! Toi, je t'exècre! Tu mourras,
sinon de ma main, alors de celle de quelque Normand, digne
encore de ce nom!

Les soldats sont accourus.

UN DES SOLDATS.

Chef, cette hâche de Leif tombée parmi nous est, ou bien
un signe de défi ou de réconciliation entre vous. Parle. Nous
faut-il te défendre ou nous courber devant un nouveau maître?

H.

Mon oncle, Leif, en jetant lui même sa hâche parmi vous a
voulu éveiller votre vigilance seulement.

Des dissensions entre lui et moi, d'autrefois, il subsiste peu
de chose et tout sera aplani bientôt.

Leif part pour un lointain voyage. Il va très loin d'ici, vers
le Sud, à Rome, où siège le prêtre souverain d'une autre foi...

L.

Harald !

H. *(bas)*

Je vous en supplie, mon oncle!

       (aux soldats) .. s'informer de ce qu'est
cette foi nouvelle. Vous ne le reverrez parmi nous que dans
des années.

Ma volonté est, que sous bonne escorte et qui me soit très
fidèle, on le conduise, dès maintenant, aux limites les plus
reculées du royaume. Que vous, Hrolf, et vous, Niord, et
vous, Osvald, et vous aussi, mon vieux brave Ulf, vous qui
m'apprîtes à manier les armes et la rame, et que je chéris,

vous tous quatre, mes amis les meilleurs, vous accompagniez mon oncle. Vous ne le quitterez pas un instant.

Ceci est ma volonté royale.

Les soldats entraînent Leif.

O.

Il eut mieux valu le faire périr: Leif trahira encore!

H.

Tu disais, Ora?

O.

Rien, Maître.

H.

Nous, nous partons, cette nuit même, pour Voëroë, à deux jours de navigation d'ici. Nous allons vers Thornhilda. Tu sais, cette jeune fille dont je t'ai chargée de savoir le nom, un jour que nous la rencontrâmes par là, dans une de nos courses errantes de l'automne dernier.

Dans une heure, qu'une barque, fournie de ce qu'il faut pour une absence de plusieurs jours, soit prête.

O.

Il l'aime!

Et le gouvernement de vos états, Maître?

H.

Le peuple m'est dévoué et Leif est parti.

O.

Thornhilda ! Et c'est moi, qui la lui fis connaître !

SCÈNE II.

PREMIER AMOUR.

Un jardin.
Matin de printemps.

THORNHILDA.

Je savais que tu serais revenu.

J'avais vu dans tes yeux, au seul instant qu'ils rencontrèrent les miens, que tu m'aimais, et je t'ai aimé aussi, au même instant.

Quand tu as chanté ce matin, en arrivant, j'ai reconnu ta voix : jamais, je ne l'avais entendue !

C'est lui ! Et je suis accourue et je t'ai dit : Prends-moi toute, puisque je suis la tienne !

Tu m'aimes !

Je n'ai pas pleuré à t'attendre : j'étais sûre de ta tendresse.

Tous les jours, j'ai été m'asseoir à la place où nous nous vîmes pour la première fois, et j'ai regardé par où tu étais parti : par où tu reviendrais sûrement.

A chaque mois, aux lunes nouvelles, j'y ai fait des sacrifices à Freya, Déesse des amours fécondes ; à Siona, âme de la fidélité.

J'ai ramassé les feuilles mortes de la route, par où tu avais passé, et je m'en suis fait une couche où je rêvais de toi. Elle est dans la salle des parents morts ou au loin, dont la mémoire est restée pure.

J'ai dit à mon père et à ma mère ce qu'était cette couche et ils m'ont permis de t'aimer.

Comme j'avais remarqué tes cheveux splendides, j'ai pris le plus grand soin des miens, qui sont blonds aussi, et je les ai, à partir de ce jour, laissés s'étaler sur mes épaules, comme toi.

Ne parle pas : laisse-moi te dire tout mon amour d'abord et vois son étendue.

Mais ce sont tes yeux surtout qui étaient restés gravés au plus profond de ma mémoire : tes yeux, bleus comme la mer, aux jours de soleil et brillants comme le voilà ; doux aussi, comme une caresse, et parlant de longues méditations tristes, sur celle que tu aimerais, sur moi, et d'éternelles bontés.

Et il m'a paru doux de vivre, et pour la première fois j'ai aimé l'hiver : ses longs isolements me permettaient de m'abandonner plus entière à ton souvenir.

Puis, quand le ciel s'est ouvert, que ces fleurs et ces oiseaux sont revenus, tu avais vécu si longtemps, si près de moi, qu'il m'a semblé que nous étions unis et que c'étaient nos noces que les fleurs venaient parer, que les oiseaux venaient chanter.

Et je t'ai attendu plus impatiemment, et te voici.

HARALD.

Je t'aime, Thornhilda !

T.

Tu m'aimes !

H.

Oui.

T.

Comme la mer est profonde ? comme le ciel est haut ?

H.

Oui.

T

Comme il est vrai que je te serre sur ma poitrine; que je bois ton souffle; comme je t'aime moi-même, enfin ?

H.

Adorable enfant ! Exquise pureté ! Éternelle splendeur !

T.

Mon Thorgest ! Dis, que tu es mon Thorgest !

H.

Thornhilda !

T.

Dis le ! Dis : je suis ton Thorgest ! je suis ton Thorgest !

H.

Je suis ton Thorgest, ton Thorgest !

T.

Jure le !

H.

Je le jure.

T.

Encore !

H.

Je le jure.

T.

Encore !

H.

Je le jure.

Ils s'embrassent.
Ora s'est tenue à quelque distance d'eux et a discrètement accompagné sur sa harpe, leurs déclarations amoureuses.

T.

Mon Thorgest ! Quel plaisir j'éprouve à me dire ces mots : Mon Thorgest !

Mais, dis, quelle est cette personne qui ne te quitte pas?
Et qui me regarde avec des yeux !...

H.

Va t'en, Ora.

C'est une enfant à qui j'ai pu rendre service.

T.

Service ? Quel service ?

H.

Qu'importe ? Songeons à nous aimer !

T.

Ora, dis-tu ? Il ne part pas.

H.

Ora, je t'avais dit de partir.

ORA.

J'obéis, Maître.

T.

Va voir le port, pendant que ton maître et le mien aussi,
maintenant, nous resterons ensemble. C'est à deux pas.
Descends le rocher. Prends garde de glisser. La roche est
abrupte et tu arriverais en bas, morcelé ! *(bas)* C'est étrange !
Comme il me regarde ! Comme sa voix est fine et comme
mon cœur bat ! Une femme ? Une femme qui l'aimerait ?

Elle s'élance vers Ora et l'embrasse.

Va, descends le rocher. Tiens, par ici, et...... prends garde !

H.

Et chante, Ora, pour le plaisir de ma fiancée !

O.

J'obéis, Maître ! Voulez-vous le chant de Lodbrok ?

H.

Non, non. Pas d'exploits guerriers, quelque chant d'amour !

O.

Alors le Skirnisfor, Maître, les amours de Freyr et de la
belle Gerda! Ou mieux, quelque chant composé par toi-même?

T.

C'est une femme ! Je l'ai senti ! Elle l'aime ! Elle mourra !

H.

Si tu veux.

O.

Je chanterai donc : La Ballade d'Egill.

Elle s'éloigne.

LA VOIX D'ORA.

Elles ne sont plus, les racines des montagnes !
Évanouies aussi, les colonnes des cieux !
Et tous les poissons, l'anguille, la baleine,
Les pauvres poissons ! ont perdu l'haleine à jamais !
Pleurez, mes yeux !

Freya ! Déesse des amours fécondes !
Reine admirable des cieux et des mondes !

H.

Viens, près de moi !

T.

Oui, je t'aime, entends-tu ? Et fusses-tu fils de voleur et de
ribaude, fusses-tu le plus pauvre, le plus maladroit, je t'aime
et je t'aimerais encore. Tu vois ces plaines, ces eaux, ces forêts,
ces rochers, aussi loin que la vue s'étend ? C'est à nous, c'est
à moi qui dois seule en hériter ! Tu vois ces barques innombrables ? A moi. Et ces pêcheurs, ces marins, sur le port ?
A moi, à moi, et à toi ! Tu ne connais pas notre bourg ? Les
poètes ignorent les choses de la terre. Voëroë est riche et
prospère. Il fournit au roi d'abondants tributs de guerriers et
de barques : Voëroë est à toi, mon amant !

H.

Je t'aime !

LA VOIX D'ORA.

Pleurez, mes yeux !
L'éternelle mort de ces choses subtiles et grandioses !
Et la barbe des femmes et la salive des oiseaux !
O les oiseaux ! — Et le parler des animaux, d'abord
Si gai, si doux, si riche, et puis, si pauvre et si morose !

Freya, Déesse des amours fécondes !
Reine admirable des cieux et des mondes !

T.

Mais toi, quel homme es-tu? D'où viens-tu et quels sont tes désirs, dans la vie? Ou plutôt, je ne veux rien savoir plus que je ne sais, pour t'aimer, et puisque tu veux me prendre pour femme, allons vers mon père et ma mère et vers les prêtres, nous unir.

Puis, tu verras, comme je sais aimer !

LA VOIX D'ORA.

Les nains et les géants, pour la gloire de Gleysner,
Une nuit, enlevèrent ces merveilles à la nature !
Et d'elles, pour ce héros, forgèrent la ceinture invisible,
Qui doit vaincre au jour du crépuscule des Dieux !
Pleurez, mes yeux !

Freya ! Déesse des amours fécondes !
Reine admirable des cieux et des mondes !

H.

Je suis Thorgest, Thornhilda, fils de Rafn et d'Unnur.

Mes parents étaient pêcheurs dans les mers polaires : ils sont morts.

Enfant, on remarqua mes talents à chanter et à composer des ballades.

Un grand Seigneur me receuillit à sa cour : il est mort aussi.

Resté seul, je quittai mon pays.

Depuis, j'erre à travers le monde, et je chante pour la joie des grands et l'édification des humbles, les exploits des héros et la grandeur des vertus.

Je suis très habile aussi dans les arts de la guerre et je sais conduire une barque au combat. J'ai été chef d'une expédition conquérante, et notre maître à tous, le Roi, et son illustre père, ont loué ma valeur.

Mais j'ai renoncé à tout cela et je ne suis plus que ce que tu me vois.

LA VOIX D'ORA.

Pleurer? Les Ases, nul jamais ne sut les entendre.
Nos joies d'hier, demain pourraient faire notre malheur.
Les Ases sont bons et prévoyants et meilleurs que nous!
Ce qu'ils nous prirent serait folie de reprendre!
Riez, mes yeux!

Freya! Déesse des amours fécondes!
Reine admirable des cieux et des mondes!

T.

Dis, mon Thorgest, tu veux de moi pour femme?

H.

Oui.

T.

Oui?

H.

Oui.

T.

Jure-le sur ton salut!

H.

Je le jure.

Elle l'embrasse.

T.

Comme je t'aime!
Conjure les Dieux vengeurs de te punir, si tu te parjurais!

H.

Odur, Thor, Baldur, Niord, Freyr, Tyr, Braya, Heimdal,
Widar, Wali, Uller et Forsete, Ases suprêmes, arbitres des
destinées, soyez témoins de ma volonté d'avoir Thornhilda
pour femme et faites tomber sur moi votre vengeance, le jour
où je me parjurerais!

T.

O mon Roi!

Elle se jette aux genoux d'Harald.
Harald se recule.

LA VOIX D'ORA.

Egill fit son amour du meilleur de lui-même !
Comme les Ases firent pour la ceinture du héros !
Son âme, sa bonté, sa beauté, son repos, sa richesse !

H.

Qu'as-tu dit ?

LA VOIX D'ORA.

Et pleura de ne pouvoir augmenter ces largesses suprêmes.
Pleurez, mes yeux !

H.

Thornhilda !

LA VOIX D'ORA.

Freya, Déesse des amours fécondes !
Reine admirable des cieux et des mondes !

H.

Thornhilda, qu'as-tu dit ? Tu baisses les yeux ? Tu rampes
à mes pieds, comme font les coupables ? Thornhilda, tu ne
sais pas que je ne suis pas le poète errant que j'ai dit être ?
Dis, tu ne le savais pas ?

LA VOIX D'ORA.

Les secrets des Ases ? Nul jamais n'a su les entendre !
Qui sait Egill ? L'amour, peut-être, eût fait ton malheur !
Les Ases sont bons et prévoyants et meilleurs que nous !

T.

Je ne le savais pas !

LA VOIX D'ORA.

Ce que l'amour t'a pris, garde-toi de le reprendre !
Riez, mes yeux !

H.

Mais, regarde-moi pendant que tu dis ces paroles terribles !
Thornhilda ! Tu pâlis ? Thornhilda ?

LA VOIX D'ORA.

Freya, Déesse des amours fécondes !
Reine admirable des cieux et des mondes !

H.

Tu as menti, quand tu as dit ne pas me connaître ! C'est

le roi que tu as accueilli ? Thornhilda ! Réponds ! Mais alors, c'est l'ambition, non l'amour !

Réponds ! Thornhilda ! Rien ?

Tu t'es vendue et tu n'es qu'une putain ?

T.

Répondre ? Mentir ?

Eh ! Pas plus que je ne renonce à toi, tu n'es capable de m'oublier, jamais : tu m'aimes !

H.

Meurs donc, misérable !

Il la traîne vers le rocher.
T.

Père ! Père ! A moi !

H.

A ceux qui se jouent de l'amour, les pires supplices ! Je te ferai rouler de roc en roc, entends-tu ? Tes chairs broyées arriveront en bas à l'état de charognes immondes que la mer, avec horreur, emportera, au loin, dans ses abîmes de boue et de pourriture ! Meurs ! Meurs !

Il la lâche.

Adieu donc, toutes mes ambitions d'amour !

ORA.

Maître, j'ai tout entendu, et...

H.

Tais-toi !

Quittons, au plus vite, cet horrible cloaque de crapauds et de sangsues !

Non, non ! Pas par les barques !

O.

Par la terre ? Mais, il faudra plusieurs jours ?

Harald s'enfuit.

SCÈNE III.

GRATITUDE POPULAIRE.

Allez donc! Chiennes de vaches! Crapauds de chiens! Chameaux de chevaux! Allez donc! Nous sommes poursuivis par
les armées d'Harald! Qui sait verrons-nous le jour?

Un Vieillard.

Moi, j'en ai assez! J'aime mieux mourir.

Il se couche.

Plusieurs voix.

Allez donc! Chiennes de vaches! Crapauds de chiens! Chameaux de chevaux! Allez donc!

Une vieille Femme.

Mon homme!

Skirnir.

Mon père, ma mère, Guttorm est sur nos talons, il nous tuera! Laissez-moi vous porter vers nos charrettes, je vous y arrangerai bien. Demain, nous serons au milieu d'autres peuples révoltés. A la faveur du désordre nous pourrons fuir, fuir toujours, et, qui sait, père, mère, il est peut-être pour nous encore de bons jours? Guttorm est féroce! Leif nous l'a assuré!

Les voix *(mêlées et tumultueuses)*.

Allez donc! Chiennes de vaches! Crapauds de chiens! Chameaux de chevaux! Allez donc!

Le passage furibond des chars continue.

Le Vieillard.

Non, nous ne lui échapperons pas. N'a-t-il pas gagné sur nous déjà deux jours? Nous sommes dans ses pays; il connaît les routes rapides et Leif nous a menti quand il a dit qu'à Fidje même, sa capitale, Harald était haï! Et puis, enfant, Harald a raison peut-être, et toujours nous avons mal agi en ne lui disant même pas nos griefs. Et Leif, qui nous fit nous révolter, en nous promettant une conquête facile et des richesses, fuit le premier, en tête du cortège.

Mourons. C'est encore quelque chose qu'une mort expiatoire.

Les voix.

Allez donc! Chiennes de vaches! Crapauds de chiens! Chameaux de chevaux! Allez donc!

Un groupe de fuyards s'est formé autour de l'homme.

UN D'EUX.

Vieux radoteur, si tu es parmi nous pour prêcher la discorde, j'aurai vite fait de te fendre le crâne.

> *Il a à peine achevé ces mots, que, terrassé par Skirnir, il roule par terre, ensanglanté. Il se produit alors une horrible mêlée. Les uns prenant parti pour, les autres contre Skirnir.*
>
> *Ceux-ci criant:* A MORT LES TRAITRES ! VIVE LEIF ! *Ceux-là:* A MORT LES ASSASSINS ! VIVE HARALD !
>
> *Le passage des chars est arrêté.*

LE VIEILLARD.

Écoute, femme. Je vais mourir. Je le sens bien, allez ! Sous le chêne, devant la maison, les richesses rapportées de la Walland.

Harald a raison peut être !

Je t'ai bien aimée, femme, et tu as été honnête.

Veille sur les enfants ! Et sur les chevaux ! Prends garde aux loups !

LA VIEILLE FEMME.

Mort ! Mort ! Mais cela n'est pas ? Mon homme !.... J'étouffe ! Mon homme !..... J'étouffe !

Attends-moi ! Tu sais bien que je ne peux pas te quitter ? Mon homme ! Mort ?

> *Elle se donne plusieurs coups de hâche dans la poitrine, et, ruisselante de sang, tombe sur le cadavre de son mari, qu'elle embrasse.*

Je me sens mourir aussi, mon homme !

Je t'ai bien aimé moi aussi ! Si ! Je vais mourir ! J'oubliais. Mon fils, Skirnir ! Skirnir ! Il n'entend pas ! Personne à qui me confier ? L'argent perdu, les enfants dans la misère !

Elle tire à elle un des combattants.

Toi ! Toi !

Elle meurt.
La fureur du combat augmente.
Cris assourdissants: VIVE LEIF!
VIVE HARALD! A MORT LES
TRAITRES! A MORT LES ASSAS-
SINS !

LE COMBATTANT.

Cette vieille aurait-elle quelque chose qu'elle voulait me donner?

Il la traîne derrière un arbre.

C'est cela. Voici la bourse: le trésor de la famille! Ah, mais, c'est un trésor! A présent surtout, je tiens à ma peau! Sachons la défendre!

Il se perd dans la foule.
Mais le bruit des armes et les cris
diminuent. Maintenant, on entend
surtout: VIVE LEIF ! *Et bientôt,*
on n'entend plus du tout: VIVE
HARALD!
Skirnir a été tué.
Le combat cesse.

UN DES COMBATTANTS.

Est-il encore quelqu'un ici dont la bassesse ose proférer le nom exécré d'Harald ?

TOUS.

Vive Leif !

LE COMBATTANT.

Nous avons été vaincus, mais nous reviendrons, n'est-ce pas, par ces routes, victorieux ?

TOUS.

Oui ! Le feu au pays ! Le feu ! Coupons la route à Guttorm par le feu ! Mort ! Dévastation ! Le feu ! Le feu !

UN AUTRE COMBATTANT

qui s'est hissé sur le dos d'un cama-
rade.

Par ce que nous avons de plus cher, silence ! Fuyons,

d'abord ! Fuyons ! Guttorm est là ! Le vent qui le porte vers nous est rempli des défis de ses cors ! Leif nous l'a dit : Si Guttorm nous rejoint, il nous massacrera !

TOUS.

Fuyons !

UN AUTRE.

Mais, que faire de nos blessés ?

UN AUTRE.

Avons-nous le temps d'y penser ?
Et d'ailleurs, comment reconnaître les nôtres ?

TOUS.

Fuyons ! Fuyons ! Fuyons !

UN BLESSÉ.

Emportez-moi ! Emportez-moi ! Je vous en supplie ! J'ai fait vaillamment mon devoir !

> *Tous se sont précipités vers les chariots, et, aux cris féroces de :* ALLEZ DONC ! CHIENNES DE VACHES ! CRAPAUDS DE CHIENS ! CHAMEAUX DE CHEVAUX ! *qui se croisent plus furieusement, les lourds chariots s'ébranlent et le défilé recommence.*
>
> *Il pleut toujours, cruellement.*
> *Le maraudeur n'est pas parti.*
> *A chaque fois qu'il s'est produit une interruption dans le cortège, il a traîné un cadavre vers l'arbre et l'a dépouillé. Un blessé qu'il avait pris pour un mort, a opposé de la résistance. Un autre blessé a crié :* CHIEN ! *Il les a achevés.*

LE MARAUDEUR.

Quand le dernier chariot aura passé, j'aurai vite fait de le rejoindre. Et puis, je remonterai le cortège. Si je parviens à échapper à Harald, je suis riche. Si je ne lui échappe pas, qui sait, grâce à mon argent, je pourrai corrompre mes bourreaux, peut être?

UN AUTRE MARAUDEUR.

Je suis le plus fort! Donne-moi ce que tu as!

> *Le premier maraudeur se jette sur le second. Une lutte s'engage entre eux. Mais le second ne tarde pas à rouler à terre.*
>
> *Harald et Ora sont apparus dans les sapins qui bordent la route de l'autre côté de la scène, au moment où la mêlée était la plus ardente, quand la vieille femme est morte.*

LE MARAUDEUR.

Voici le dernier chariot. Dépouillons encore celui-ci!

> *Ora a rejoint le maraudeur.*

ORA.

Eh, l'ami! Un mot, je te prie! Dis-moi, quels sont ces attelages?

LE MARAUDEUR.

Laisse-moi tranquille!

O.

Eh, l'ami! Je reconnais ton accent, qui est le mien. Tu es du Nord! Oui, voilà bien nos braves et malheureux amis de Leif! Je suis des vôtres, mais je boîte, vois-tu? Impossible de marcher comme eux. Dis-moi où ils vont, que je puisse les rejoindre.

LE MARAUDEUR.

Laisse-moi, te dis-je!

O.

Écoute! Je viens d'une contrée révoltée aussi. Mon cheval s'est abattu, j'ai dû continuer la route à pied, je suis chargé d'importantes nouvelles!

Dis-moi où vous allez et voici de l'or.

LE MARAUDEUR.

En deux mots, alors.

Nous allons vers l'île de Swoldur. Nous tâcherons de franchir le fleuve à la hauteur du gué. Une fois là, nous serons en sûreté.

Harald est survenu et a jeté le maraudeur à terre.

HARALD.

Je suis ton Roi, entends-tu? Tu vas rentrer avec moi, à Fidje, où je te livrerai à la justice!

Toi, Ora, au gué! En mon nom, tu feras rompre les digues. Les émeutiers seront emprisonnés par les eaux et, avant qu'ils aient eu le temps de construire des barques, j'aurai eu celui de rejoindre mes troupes et de les conduire moi-même au combat!

Prends par la plaine, puisque tu n'as pas de bagage, tu peux être là avant le jour.

Toi, monstre, marche devant et ne te retourne, si tu ne veux que mon bras s'abatte sur toi! Et dis ce que tu sais de la campagne. Les lâches et les voleurs surtout tiennent à la vie. Si tu es obéissant, tu vivras encore jusque là bas.

A LA MÉMOIRE DE MA SŒUR
CÉCILE, MA MARRAINE.

SCÈNE IV.

UNE VIEILLE FILLE.

HARALD.

Je vous remercie, ma tante, d'être venue : Il y avait un si long temps, que je ne vous avais vue !

Toujours seule, loin de cette cour, depuis le jour où devenu roi, il vous a semblé que cette charge ne pouvait plus accepter vos soins, vous n'avez cessé de penser à moi !

THORBJARG.

Harald !

H.

Votre jeunesse s'est passée à veiller sur mon enfance solitaire et studieuse et triste aussi.

Oh, les misères de l'enfance !

Et vous avez si bien veillé que vos jeunes ans ont passé, insoucieuse de vous même. Jamais on ne vous vit autrefois qu'auprès de moi : ma mère était morte et mon père guerroyait au loin, toujours !

T.

Harald !

H.

Et jamais, non plus, dans votre cœur aucun battement qui ne fut pour moi.

Vous voilà vieille fille, ma tante.

Ah, je vous aime bien, aussi, allez, et, ce m'est une joie profonde de vous voir !

T.

Je tenais à avoir de ta bouche le récit de l'écrasement de Leif.

Alors, tu revenais de Voëroë, quand à deux journées de marche d'ici, tu rencontras les débris du soulèvement ?

H.

Oui. Je revenais de... Voëroë.

Au gué du fleuve, où j'envoyai Ora, les digues furent rompues et les émeutiers, cernés. Je rencontrai la colonne de Guttorm. J'en pris le commandement. Vous savez combien mes gardes me sont dévoués. Le récit que je leur fis de ma dernière entrevue avec mon oncle les indigna au point, que nous brulâmes les étapes et que nous arrivâmes là bas quelques heures après l'envahissement des eaux.

Horrible spectacle ! Les eaux montantes, la foule affolée, maudissant Leif, me maudissant ! Et les bêtes hurlant, se sauvant, éperdues, cassant, écrasant, se noyant !

Je n'eus pas de peine à vaincre.

Je fis interroger les vaincus. Ceux chez qui je surpris du repentir, furent rendus à la patrie. Les autres ont été envoyés dans une ile polaire où le travail et la solitude les amenderont.

Leif a pu fuir, cette fois encore.

Puis, je suis rentré ici et je me suis remis à l'étude.

J'ai même très bien travaillé, ma tante !

Si j'étais encore enfant, et, si, comme autrefois, vous me faisiez répéter mes leçons, en me promettant un baiser pour mes peines, vous seriez contente de moi.

T.

Et tu n'as pensé qu'à tes études?

Je sais aussi ton amour pour Thornhilda, Harald, et comment elle t'a trompée!

Tu ne réponds pas?

Tu l'aimes donc toujours!

H.

Je la hais! Je la déteste! Et si j'avais pu imaginer une mort plus horrible que celle que je lui infligeai....

T.

Elle vit!

H.

Elle vit? Elle vit?

Harald et Thorbjarg tombent dans les bras l'un de l'autre en sanglotant.

Long silence.

H.

Dieu m'est témoin que quand je la précipitai du sommet des rochers, je trouvai à cette tuerie une joie infinie.

Puis, Ora survint et nous partîmes.

Vers le soir déjà, je sentis mon cœur se briser et je voulus retourner sur mes pas. C'est alors que nous rencontrâmes les fuyards. Le carnage auquel j'assistai, la voix du devoir à remplir, la pitié que j'éprouvai pour les victimes de Leif, le maraudeur à châtier, la tendresse d'Ora, troublèrent ma volonté.

En prenant le commandement de mes troupes, en volant à l'ennemi, en présidant à la capitulation, en revenant ici, après cette œuvre faite, je réussis encore à la bannir de ma mémoire.

Et puis, je la croyais morte, bien morte, emportée par débris, au loin!

Elle vit!

Il pleure.

T.

Ta virginité d'amour, les splendeurs du jour où tu la vis, et ses paroles mauvaises, ses enlacements ont, un instant, troublé ton âme. Laisse le temps accomplir son œuvre d'apaisement habituelle.

H.

Je vous en supplie, ma tante, ne quittez plus Fidje. Que je vous voie, vous entende et vous sache toujours auprès de moi, comme autrefois. Vous verrez, je serai docile, comme autrefois, inquiet de mériter votre bénédiction, comme autrefois, ma tante. Aussi bien, j'ai besoin de vous pour l'administration du royaume. Voulez-vous, vous serez Reine Régente et vous me remplacerez pendant mes fréquentes absences?

Et je ne la verrai plus : je vous le promets.

Ora !

ORA.

Maître ?

H.

Ma tante, la princesse Thorbjarg sera proclamée demain Reine Régente avec le titre d'Administratrice Générale. Vous veillerez à ce que la cour soit réunie pour entendre cette volonté. Aussi, de cette fenêtre, faites signe à la garde d'avoir à sonner la fanfare royale.

> *Ora s'approche de la fenêtre et lève sa hâche. Aussitôt éclate la fanfare.*

Aussi, vous direz à mes quatre Skalds préférés, que, pour demain, ils composent, chacun, un chant de gloire, pour Thorbjarg et son avènement au trône. Le vainqueur du concours siégera demain à nos côtés, devant toute la cour.

Et vous conduirez la reine aux appartements de feu mon père, les siens, maintenant. Puis, revenez. Que je ne sois plus seul, jamais !

> *Thorbjarg et Ora se retirent.*
> *Quelques instants.*

Aimer, être aimé : toute la vie ! Tout le reste, comme ces fanfares : du bruit dans la nuit !

L'amour m'échappe. La foi alors ? Oui. Peut-être ! Mais quelle foi ? Et puis, même est-ce par la science qu'on remonte à Dieu ? La science ? Les raisonnements. Ceux de demain détruisant ceux d'hier. Ne serait-ce pas seulement par le cœur ? Est-ce que le cœur trompe jamais ? Ce prêtre me parlait de bonté, de charité et me disait que tels étaient ses dogmes. Croire ! Aimer ! Espérer ! Être chrétien !

> *Harald a tracé par terre, à la pointe de son épée, une croix, une ancre, un cœur.*

Telles seraient les armes des élus !

> *Long silence. Ora est rentrée.*

Je suis las, enfant, et j'ai pleuré et je voudrais encore pleurer : ce m'est une joie de pleurer !

Dis-moi quelque épouvantable histoire qui m'arrache le cœur à la poitrine, qui m'empêche de souffrir encore.

Et puis, fais-moi boire. Je te fais cette confidence : je n'aime pas boire : la boisson est le remède des lâches. Mais je t'assure, je t'affirme que voici la nuit qui sera la plus horrible de ma vie, la plus horrible jamais vécue !

Et pourtant, il y a les caresses des étoiles, le chant des oiseaux, les parfums qui traînent et qui parlent d'infinies mollesses : il y a les vagues qui dansent là-bas, brillantes et sonores...

ORA.

La plus épouvantable histoire que je connaisse après la tienne, est la mienne.

H.

Assez ! Assez ! Et, obéis, si tu ne veux que je te chasse !

> *Ora qui s'est éloignée, un instant, revient et sert à boire à Harald.*

SCÈNE V.

LES SORCIÈRES.

ORA.

Veux-tu que je chante ?

HARALD.

Non. Tiens-toi près de moi, seulement. Et si tu me vois m'endormir, car ma tête s'alourdit, mes jambes aussi s'alourdissent, je vais être ivre, surveille mon sommeil. Et si mes traits se contractent, si mon cœur bat vite, si tu vois que le sommeil augmente ma détresse, réveille-moi.

Il boit longuement.

Pourquoi ne pourrais-je pas dormir cette nuit seulement et demain, retrouver dans le travail, l'oubli que je cherche dans la boisson ?

La croix ! L'ancre ! Le cœur ! La croix ! L'ancre !

TES ENFANTS S'ENTREDÉVORERONT ! TU N'IRAS PAS AU WALHALLA !

La croix ! La croix !

PAS PLUS QUE JE NE RENONCE A TOI, TU N'ES CAPABLE
DE M'OUBLIER, JAMAIS : TU M'AIMES !

La croix ! La croix ! La croix !

> *Ora se couche aux pieds d'Harald*
> *et joue lentement de la harpe.*
> *Harald s'endort.*

ORA.

Il dort. Que je serais heureuse de l'embrasser !

Il n'en saurait rien ? Je pourrais l'éveiller ! Et il a tant
besoin de repos ! Non. Non.

> *Changement à vue.*
> *Le décor du fond disparaît.*
> *On aperçoit un pays de marais*
> *d'une profondeur immense.*
> *La nuit.*
> *Le ciel est chargé de lourds*
> *nuages.*
> *Pas une étoile.*
> *De temps en temps passent des*
> *vols de corbeaux. Et l'on entend les*
> *grenouilles croasser.*
> *Après un éclair et un formidable*
> *coup de tonnerre, paraissent neuf*
> *sorcières, dansant autour d'une mar-*
> *mite bouillante, attachée à un tré-*
> *pied au dessus d'un feu formant*
> *une dense fumée, qui se confond, au*
> *loin, avec les gros nuages.*
> *Paraît alors le fantôme d'Harald.*
> *L'une après l'autre dévisageant*
> *d'abord, entourant ensuite le fan-*
> *tôme.*
> *Puis elles se retirent très loin de*
> *lui, considérant le feu, les volutes*
> *de la fumée, l'intérieur de la mar-*
> *mite, le ciel, l'horizon.*
> *Elles sont de vieilles petites femmes*

> *horribles, s'appuyant sur des bâtons*
> *crochus et enveloppées de manteaux*
> *noirs sur lesquels traînent des*
> *flammes.*

LE CHŒUR DES SORCIÈRES.

Tu es venu pour connaître ta destinée.

Retourne sur tes pas : le ciel qui pèse sur cette nuit, n'est pas plus noir que ne l'est ce qui t'attend.

Tu ne veux pas : tu nous menaces de ton épée ?

Nous t'obéissons, fils de roi, roi, père de rois, Harald !

PREMIÈRE SORCIÈRE

> *s'avançant vers le fantôme, se reti-*
> *rant tout aussitôt.*

Tu seras le plus beau !

> *Éclairs et tonnerres.*
> *Chants de harpe d'Ora.*

2e SORCIÈRE.

> *Même jeu.*

Tu seras le meilleur !

> *Éclairs et tonnerres.*
> *Chants de harpe.*

3e SORCIÈRE.

> *Même jeu.*

Tu seras le plus aimé !

> *Éclairs et tonnerres.*
> *Chants de harpe.*

4e SORCIÈRE.

> *Même jeu.*

Et l'amour sera l'ambition de ta vie !

> *Éclairs et tonnerres.*
> *Chants de harpe.*

5e SORCIÈRE.

> *Même jeu.*

L'amour sera l'ambition de ta vie, Harald !

Et parce que l'amour, fût-il d'accord avec le devoir, appelle irrémissiblement le malheur, tu seras malheureux !

> *Éclairs et tonnerres.*
> *Chants de harpe.*

6e SORCIÈRE.

Même jeu.

Tu seras le plus puissant !

Éclairs et tonnerres.
Chants de harpe.

7e SORCIÈRE.

Même jeu.

Et de toi naîtront de nombreux rois ! Mais tes fils s'entre-dévoreront ! L'un d'eux sera chassé, un autre attentera aux Dieux !

Éclairs et tonnerres.
Chants de harpe.

8e SORCIÈRE.

Même jeu.

Tu seras magnifique !

Éclairs et tonnerres.
Chants de harpe.

9e SORCIÈRE.

Même jeu.

Tu seras magnifique ! Mais, mais, tu n'iras pas au Walhalla !
Éclairs et tonnerres.
Chants de harpe.

LE CHŒUR DES SORCIÈRES

subitement disparues.
Voix souterraines.

Harald ! Harald ! Tu n'iras pas au Walhalla !

Éclairs et tonnerres.
Le fantôme se recule épouvanté.
En se reculant, il s'appuie sur son
épée. L'épée se brise. Le fantôme
tombe en s'écriant : ÉTERNELLE
MALÉDICTION !

Chants de harpe.

LES VOIX SOUTERRAINES.

Harald ! Harald ! Tu seras malheureux !

ORA.

Maitre ! Je te vois dans l'état que tu redoutais ! Réveille-toi !

Changement à vue.
Le décor précédent.

HARALD.

A moi ! A moi !

ORA.

Maître ? Maître ?

HARALD.

Les voix, Ora, les voix !

Viens nous-en, mon amie, sortons : La fraîcheur du matin est douce aux cerveaux malades : Viens.

Il pleure.

TROIS AMOURS DE FEMMES.

La salle du trône.

La Cour est assise sur des bancs longeant les murs. Alternativement un homme, une femme.

Sur le trône, Harald, Thorbjarg, Guttorm, un Skald, Ora et une suite brillante.

Un GREFFIER *(lisant).*

Fanfares.

« Les volontés du Roi et de l'Administratrice générale sont en outre, que leurs peuples vivent dans la crainte de mal faire et l'amour du prochain.

En conséquence ils proscrivent encore tout acte de maraude, de piraterie et d'intolérance, menaçant de mort honteuse et abominable tout Strandhung ! »

DES VOIX.

Les Dieux veillent sur Harald et sur Thorbjarg !

Fanfares.

ORA à HARALD.

Maître !

HARALD.

Quoi donc ?

ORA.

Maître ?

H.

Quoi donc, Ora ?

O.

Là bas !

H.

Eh bien ?

O.

Devant nous !

H.

Devant nous ?

O.

Thornhilda !

LE GREFFIER.

Fanfares.

« Les volontés du Roi et de l'Administratrice générale sont aussi, que, pour avoir bravé les volontés royales, les territoires autrefois soumis aux Jarls : Gunnar, Atli et Egill, soient incorporés à l'empire. Ils recevront ses missionnaires et seront élevés dans son culte. Gunnar, Atli et Egill ont été envoyés aux îles ! »

LES VOIX.

Les Dieux veillent sur Harald et sur Thorbjarg !

Fanfares.

HARALD à ORA.

Qui l'amena ici ?

O.

La dignité de son père, ce vieillard assis à côté d'elle. Tu sais que d'importants territoires lui appartiennent ?

H.

Oui, je reconnais ce vieillard.

LE GREFFIER.

Fanfares.

« Thorgen, Thordi, Stir et Rafn viennent de se révolter. Les volontés du Roi et de l'Administratrice Générale sont que vous contribuiez dans les limites habituelles à l'équipement d'une armée et d'une flotte. Les missionnaires vous le rappelleront.

HARALD à ORA.

Est-elle à Fidje depuis longtemps?

O.

On m'avait dit que dès notre départ elle était partie aussi ; qu'ils s'étaient cachés dans les environs de Fidje, elle et son père, et que souvent, à l'heure crépusculaire où nous sortons à la campagne, on l'avait vue seule, nous attendant, sans doute. Mais je n'ai pas osé croire à ces bravades.

LE GREFFIER.

Fanfares.

« Les volontés du Roi et de l'Administratice Générale sont aussi, que les pouvoirs des tribunaux soient chargés de nouveaux attributs, voulant par là donner un nouvel, éclatant hommage d'amitié au peuple. Les Things vous instruiront de leurs charges nouvelles, à leurs plus prochaines audiences. »

LES VOIX.

Les Dieux veillent sur Harald et Thorbjarg !

Fanfares.

HARALD A ORA.

Calme-toi, Ora.

Elle n'a donc même pas été blessée d'avoir été précipitée du haut des rochers ?

O.

Non. Elle avait gardé toute sa présence d'esprit. A peine lâchée, elle a pu s'accrocher à une arête des rochers, et on n'a pas tardé à la délivrer.

62

H.

Mais je ne me trompe pas : la jeune fille assise près d'elle et à qui elle parle est Gida, fille de Thorgrim ?

O.

Elle-même, Maître.

H.

PAS PLUS QUE JE NE RENONCE A TOI, TU N'ES CAPABLE DE M'OUBLIER JAMAIS !

Tu verras !

LE GREFFIER.

Fanfares.

« Les volontés du Roi et de l'Administratrice Générale sont enfin que la vieillesse et l'enfance et tout ce qui est faible et souffre soient protégés et secourus. Surtout l'exposition d'enfants sera punie de mort honteuse et abominable.

Ainsi le veulent les Dieux, Harald et Thorbjarg ! »

LES VOIX.

Les Dieux veillent sur eux !

Les Dieux veillent sur eux !

Les Dieux veillent sur eux !

L'audience est terminée.

Harald et sa suite descendent du trône et s'engagent parmi les groupes de courtisans qui se sont formés.

Des serviteurs font circuler de grands hanaps débordant de vin.

Harald s'est approché de Thornhilda et de Gida.

HARALD.

N'est-ce pas à Gida, fille du puissant Yarl Thorgrim, que s'adressent mes hommages ?

GIDA.

S'ils sont les hommages d'un roi à une esclave, ils ne vont guère à leur adresse, car l'esclave que je suis, refuse de les agréer, Maître. S'ils sont ceux d'un jeune homme pour une jeune fille trouvée plaisante, elle les décline, ne nourrissant pas son cœur de paroles et son esprit de vent.

H.

Mes hommages sont ceux d'un jeune homme pour une jeune fille, Gida, et ils ne sont ni des paroles ni du vent.

THORNHILDA.

Le vent gonfle les voiles, Chef. Un coup de vent que le hasard amène, nous porte en un instant plus loin que les labeurs continus des rames...

H.

Vous dites vrai, jeune beauté : un coup de vent décide de notre sort, de même que les yeux d'une fille rencontrés un instant nous enchaînent à jamais.

T.

Et ce sont mes yeux qui ont enchaîné, Harald ?

H.

Ces paroles sont pour vous, Gida, et Thor lui-même ne les démentirait pas.

G.

Mais Gida se gardera d'y croire, Harald.

H.

Et s'il vous l'affirmait ?

G.

Vous avez trop bu, Seigneur !

Et, tenez, voulez-vous que je croie ? Réunissez sous votre main tous les royaumes normands, comme fit pour les Suédois, Erik, et pour les Danois, Gorn le Vieux. Et si, puissant, comme vous le seriez alors, vous vous souveniez de moi encore assez pour que je sois votre femme, je me vendrai à vous au prix de votre nouvel empire et je partagerai votre lit. Jusque là, permettez que je rie de votre détresse et de votre colère !

H..

Je jure que j'accomplirai cette gageure !
Je jure que vous serez ma femme !

Je jure qu'aussi longtemps que ces serments ne se soient accomplis, je ne toucherai plus à cette chevelure !

G.

Et moi, je sais bien que je ne serai jamais la tienne, Harald. Car il faudrait être Thor en personne et savoir, comme lui, faire baisser la mer du niveau rien qu'en y mettant les lèvres, pour réaliser ton rêve.

Les Normands ne sont-ils pas dispersés sur toute la surface des terres et des mers ?

H.

du haut du trône.

Mes compagnons ! Suspendez un instant vos beuveries ! Et si vos cerveaux sont vides encore assez pour que je puisse y semer une parole, écoutez !

Le message qu'on vient de lire est incomplet, je veux réunir sous ma couronne tous les royaumes Normands. Je veux que tous les Yarls commandant à des hommes de notre race reconnaissent Harald pour leur roi et que leurs sujets soient admis aux bienfaits de notre règne.

Je vous ouvre par ses paroles de vastes champs de gloire. Bien des Yarls et des Witikinds vivent toujours dans le désordre et la haine de mon nom.

M'assisterez-vous ?

TOUS.

Nous mourrons pour vous, magnifique Harald !

H.

Je jure donc ici sur la pureté de mon nom, par Vara, devant Thor et les Dieux, que j'accomplirai cette œuvre, et j'adjure les puissances vengeresses de me punir si je faillis à mon serment.

Et jusqu'à ce qu'elle soit faite, cette œuvre, je laisserai croître ces cheveux afin que tous vous puissiez contrôler toujours, ma constance dans mes volontés et ma fidélité à mes promesses !

UN CHEF.

Nous jurons de mourir pour notre Roi: HARALD A L'ABONDANTE CHEVELURE! HARALD HAARFAGER!

TOUS.

Nous mourrons pour lui: HARALD HAARFAGER!

Fanfares.

H.

Demain nous commencerons notre œuvre!

Harald est descendu du trône.

UN DES ANCIENS CHEFS.

(bas à Harald).

Harald, notre attachement à toi nous fait déplorer que tu ne te multiplies. Te voici dans toute ta splendeur. Tu n'aurais qu'à le vouloir, pour que la plus belle de nos filles devînt ta compagne ravie et nous donnât des fils d'Harald pour qui verser notre sang encore, toujours. Cependant l'amour te reste ignoré.....

H

Vénérable compagnon, laisse-moi et laisse-nous accomplir notre œuvre projetée et, je t'assure, je pourrai faire entrer en mon lit l'épouse au sein de qui je veux semer les futurs rois!

ORA.

Tu l'aimes donc, Maître?

H.

Qui?

O.

Gida?

H.

Là tantôt, j'étais auprès d'une femme que j'aime et que je ne veux: Thornhilda; auprès d'une autre que je veux et que je n'aime: Gida; auprès d'une troisième que je n'aime, ni ne veux: toi-même.

Il s'en va.

O.

Eh ! Que me font ses insultes ? Que je puisse seulement vivre auprès de lui, le plus près, le plus constamment possible. Et il se présentera, le moment, où abreuvé d'inconnu et las d'attendre celle qui ne doit pas venir, il sentira son corps d'éphèbe splendide faiblir en sa sénérité farouche, et je serai là, et il m'appellera et je serai heureuse, si heureuse, que j'accepterai avec joie la mort, que je recevrai sans doute !

Fanfares.

LES FUNÉRAILLES DE LEIF.

UN HOMME.

Moi, je sais bien que si j'étais Harald, je n'aurais pas pardonné, et au lieu de faire ces funérailles et d'ordonner ces somptueux sacrifices, je l'aurais noyé ! Et vous, l'homme, vous n'êtes pas de cet avis ?

UN AUTRE HOMME.

Je ne suis pas un esprit fort, vous savez. La mort de Leif, qui est de la famille royale, nous vaut le spectacle d'un beau cortège et d'imposants sacrifices, je suis content de cette mort.

LE PREMIER.

Tu serais donc content de les voir mourir tous, y compris Harald ?

LE SECOND.

Eh ! Tu raisonnes trop bien !

LE PREMIER A UN AUTRE.

Et toi, qu'en penses-tu ?

LE TROISIÈME.

Leif avait trahi, ou du moins, il voulait trahir, puisque l'officier qui l'a tué l'a surpris, conspirant contre le Roi, il méritait d'être puni. Si l'un de nous trahissait, on le précipiterait dans le Glommen.

LE PREMIER.

Voilà qui s'appelle parler !

LE TROISIÈME.

Mais, nous ne sommes pas de sang royal !

LE PREMIER.

Voilà ! Mais qu'est-ce que cela, d'être de sang royal ? En est-on meilleur ?

UN QUATRIÈME.

Dites-donc, vous voilà à railler le Roi. Prenez garde qu'on ne vous dénonce !

LE TROISIÈME.

Toi, peut-être ?

LE QUATRIÈME.

Moi ? Si vous croyez que je suis content de la tournure qu'ont prise les choses du pays ? Que me valent toutes ces conquêtes d'où on ne peut rien emporter ? Que me font ces études mystérieuses dirigées sans doute contre nos Dieux et nos traditions ? Que signifie cette clémence prodiguée à des traîtres ? Et puis, ses bontés bizarres pour des gens de rien, comme vous et moi ? Son goût insensé pour la musique et les ballades ? Ses courses solitaires ? Sa prétendue chasteté ? Qui sait ? Si on savait ? Et que fait donc toujours, auprès de lui, cette esclave, habillée en homme ?

UN CINQUIÈME.

Elle s'appelle Ora. Quel drôle de nom !

LE PREMIER.

Et puis, n'oublions pas la sobriété du roi ! Il ne boit pas, paraît-il. D'abord, y croyez-vous, à cette sobriété ?

Ah, le père d'Harald, le glorieux Holfdan, ça, c'était un gaillard !

Un jour il a frappé un de mes amis que je croyais qu'il en serait mort !

LE CINQUIÈME.

Qu'avait-il fait, ton ami ?

LE PREMIER.

Je ne sais plus. Mais il saignait, il criait, on aurait dit qu'il allait mourrir ! Il ne s'en est jamais remis complètement, d'ailleurs. Un autre, il l'a fait attacher sur un rocher à fleur d'eau ; quand la marée a monté, il a été noyé.

LE TROISIÈME.

Quel âge aurait-il, Harald ?

LE QUATRIÈME.

D'où viens-tu, toi, pour ignorer cela? Harald aura trente ans, l'hiver prochain. Il est né dans la saison morte, un jour qu'il neigeait, qu'il neigeait, comme il n'avait jamais neigé auparavant! Il ne fit pas clair de toute la journée et de grands malheurs arrivèrent. Le lendemain, je perdis une barque qui me faisait gagner ma vie !

UN SIXIÈME.

Et conçoit-on qu'il ne se marie pas? Quand j'avais son âge, j'avais dix enfants.

UNE FEMME.

Dont quatre à peine de moi, mon homme, ajoute cela. Tu n'avais pas mal vécu avant ton mariage et même depuis, si on voulait tout dire.

LE PREMIER.

Eh, la mère, pas de secrets, hein, nous ne sommes pas entre hommes !

LA FEMME.

D'abord, toi, tu es trop démoli pour prétendre au titre d'homme, débris, va !

LES AUTRES HOMMES.

Bien dit, la mère, va donc !

LA FEMME.

Et toi, on te connait, voilà trente ans que tu te plains d'avoir perdu ta barque, qu'on t'a payée trois cents fois !

LE QUATRIÈME.

Tu mens ! Tu mens !

LA FEMME.

C'est bon ! Si tu crois que je vais me disputer ? Ce que je sais, moi, c'est que depuis qu'Harald est roi, tout le monde gagne sa vie, sans qu'on vole ; on travaille ; les enfants sont protégés ; les vieux secourus ; nous n'avons plus eu l'ennemi chez nous, ravageant, dévastant, violant. Toutes les conquêtes ont réussi ; jamais personne qui eût vraiment du malheur n'est revenu de chez-lui, inconsolé, et, enfin pour ce qui est de ses sombres allures, ça ne nous regarde pas, et, en tous cas, il doit être plutôt plaint, de vivre ainsi, toujours dans la tristesse : ça doit être plus gai de s'amuser !

LE QUATRIÈME.

Elle en tient pour Harald !

LA FEMME.

Eh, je crois bien ! Et s'il me voulait faire un enfant, je me moquerais bien de ce qu'en dirait mon homme !

Éclats de rire.

Mais, tu sais, toi, il n'y a pas de danger qu'il songe à moi et je t'assure que tu n'as rien à craindre des porcs que voilà !

LE QUATRIÈME.

Eh ! Dites donc, la mère, vous n'êtes pas jalouse de l'esclave d'Harald, d'Ora ?

LA FEMME.

Ah, si ! Moi, comme toutes les femmes ; mais, le malin, vous ne savez guère les nouvelles, si vous croyez Ora toujours auprès d'Harald.

DES VOIX.

Comment! elle n'est plus là? Partie? Expliquez-vous!

LA FEMME.

Ora est partie. On ne l'a plus vue au palais, dès les pre-
miers jours suivant celui de la proclamation de Thorbjarg,
comme Administratrice Générale. Il y a donc de cela environ
sept mois. Est-elle morte? En voyage? Tombée en disgrâce?
Nul ne le sait. Mais vous ignorez donc tout, vous autres, qui
voulez vous mêler de gouverner le royaume?

UNE AUTRE FEMME.

Quand Harald passera tout à l'heure, je crierai le plus fort
que je pourrai: *Les Dieux veillent sur Harald Haarfager!*
Peut-être me remarquera-t-il?

D'AUTRES FEMMES.

Ou moi? Ou moi? Ou moi?

LE TROISIÈME.

Vous êtes donc toutes après lui?

UNE FEMME.

C'est Thorbjarg sans aucun doute, la desséchée, avec ses airs
revêches qui aura chassé Ora?

LE QUATRIÈME.

Encore une invention d'Harald, cette dignité d'Administratrice Générale! Qu'est ce que cela peut bien vouloir dire, cette
charge à laquelle aucun roi n'avait songé avant lui?

UNE FEMME.

Eh, le malin, vous faut-il tout comprendre? Vous qui
n'avez jamais compris que le mien fût autre chose que le tien?

LE QUATRIÈME.

Voleur? Voleuse toi-même!

DES VOIX.

Le cortège! Le cortège!

> *La foule se masse le long de la
> route sur des tables, des bancs, des
> échasses, des échelles.*

Il se produit une bousculade. Des gros mots sont échangés :

FAIS DONC ATTENTION. TOI! TU M'ÉCRASES! DITES DONC, VOUS NE POURRIEZ PAS VOUS RACCOURCIR? SILENCE!

QU'ON ENTENDE L'ORAISON FUNÈBRE! VOICI LES CORS!

Vagues sonneries de cors.

A ce moment, les fenêtres du château s'ouvrent et diverses personnes se répandent sur le balcon. Parmi celles-ci, Thornhilda et Gida, aux bras l'une de l'autre. Parmi la foule s'est glissée Ora.

ORA.

Dites, l'homme, c'est à vous l'échelle? Je serais si contente de voir le cortège, moi aussi! Ne veux-tu pas me permettre d'y monter?

L'HOMME.

Qu'est-ce que tu payeras?

O.

Une couronne.

L'HOMME.

Il me faut trois couronnes. D'abord, parce que tu as beau te présenter sous ces effets misérables, on voit bien qu'on a affaire à une grande dame : vos mains sont de celles qui n'ont pas travaillé et puis tu es enceinte, par les Dieux, tu dois donc payer double!

O.

Voici trois couronnes.

L'HOMME.

Montez! Montez, Votre Grâce! Dites, c'est quelque officier de Leif ou du Roi qui vous a fait cela, qui vous a lâchée et qu'on désire revoir tout de même?

O.

Non! Non! Non!

L'HOMME.

Suffit ! Vous avez payé, je garde le silence et je suis votre esclave. Il n'est rien que je ne fasse pour vous et quelques belles couronnes comme celles-ci.

> *Les sonneries des cors se rapprochent. Vagues et bourdonnantes tantôt, elles sont maintenant précises et claires. On perçoit aussi de vagues chants de mélopées.*
>
> *Ora a pris place au sommet de l'échelle.*
>
> *Thornhilda et Gida se sont étroitement enlacées.*

UN HOMME.

Le voilà ! Les voilà ! Voici le cheval de Leif en grand deuil !

DES VOIX.

Silence ! Silence !

ORA.

Dites, l'homme ! Vous m'avez dit, tout à l'heure, que pour des couronnes, vous feriez ce que je voudrais ?

L'HOMME.

Et je le répète.

O.

Le Roi marchera dans le cortège. Quand il passera, voyez s'il regarde du côté du balcon. Observez le bien du plus loin que vous le verrez. Moi, je regarderai le balcon. Vous me direz ce que vous aurez vu et je paierai.

L'HOMME.

Bien, Votre Seigneurie ! Je ne quitterai Harald des yeux, un instant. *(bas)* Par les Dieux ! Si l'esclave Ora n'était habillée de vêtements masculins, si je ne la savais loin, et si la chasteté d'Harald n'était proverbiale, j'oserais croire que la petite femme que voilà est Ora en personne et que les belles dames du balcon sont des rivales.

Ah, mais, j'y suis ! La petite est une amie d'Ora : ma journée sera bonne !

Voici le cortège enfin.

Passent d'abord de nombreux cornistes.

Puis le cheval de Leif drapé de noir.

Puis des hommes portant sa barque, son épée, son casque, son bonclier.

Puis les prêtres chantant cette mélopée: LEIF EST HEUREUX! IL EST MORT, LES ARMES A LA MAIN! IL IRA AU WALHALLA! IL BOIRA AVEC THOR ET LES ASES ET COMBATTRA A LEURS COTÉS AU JOUR DU CRÉPUSCULE DES DIEUX!

Et voici le corps que portent de nombreux guerriers et que cachent des monceaux de fleurs.

Puis plusieurs catafalques et une grande caisse cerclée de gros barreaux étincelants.

UNE VOIX.

Le corps de Leif!

UNE AUTRE VOIX.

Et ceux des Seigneurs morts avec lui pour servir d'escorte à son entrée au Walhalla, aux cinq cent quarantes portes d'or!

UNE AUTRE VOIX.

Et voilà les richesses gagnées par lui qu'il emporte pour rehauser l'éclat de son séjour là-bas!

UNE AUTRE VOIX.

Il a tant pratiqué la piraterie et le brigandage, qu'il aurait pu emporter des richesses gagnées dix fois plus considérables. C'est sans doute Harald qui s'est opposé à ce qu'il les prit toutes avec lui! Tout le monde sait qu'Harald voit nos pratiques religieuses de mauvais œil, à tort où à raison, je n'apprécie pas, vous savez!

*Voici Harald brillamment escorté.
Comme il passe devant le château, il
lève les yeux vers Tornhilda et
Gida. Il s'arrête un instant. Mais
tout aussitôt, il baisse les yeux et,
s'appuyant au bras de Thorbjarg,
il reprend sa route.*

DES VOIX.

Vive Harald Haarfager ! Vive Harald, le magnifique ! Vive
Harald, unificateur de l'empire Normand ! Vive Harald, tout
puissant ! Vive Harald, le magnifique ! Vive Harald, père de
la nation ! Harald ! Harald !

*Voici encore des prêtres, chan-
tant la mélopée :* LEIF EST HEU-
REUX ! IL EST MORT, LES ARMES
A LA MAIN ! IL IRA AU WALHALLA !
IL BOIRA AVEC THOR ET LES ASES
ET COMBATTRA A LEURS COTÉS,
AU JOUR DU CRÉPUSCULE DES
DIEUX !

UN HOMME.

Comme le Roi a vieilli ! As-tu remarqué comme il est pâle
et comme il semble malheureux ?

*Et lentement, aussi la foule
s'évanouit à la suite du cortège.*
*Thornhilda et Gida se sont re-
tirées.*

ORA.

Eh bien, qu'as-tu vu ?

L'HOMME.

D'abord, c'est dix couronnes !

Après les avoir reçues.

Eh bien, Votre Seigneurie, j'ai vu, de mes yeux, que quand
le Roi, notre bon maître, est arrivé ici, il a regardé le balcon,
puis il a pâli affreusement, il a baissé les yeux, il a chancelé,

il s'est appuyé sur le bras de l'Administratice Générale, qui a paru très fâchée, il s'est arrêté, un instant, et puis, marchant péniblement, notre bon maître a continué sa route, sans plus se retourner.

O.

Oui. J'ai vu tout cela aussi. (bas) Ou bien, il aime toujours Thornhilda, ou bien c'est Gida? Donc elles périront toutes les deux! *(à l'homme)* Écoute, toi! Ce château est isolé. Tout à l'heure, cette nuit, plus personne ne passera ici. Tu es donc sûr de l'impunité!

L'HOMME.

Je devine! Votre Seigneurie veut que j'y mette le feu? C'est cent couronnes!

O.

Cent?

L'HOMME.

Il y va de ma peau!

O.

Je n'ai pas cent couronnes! Cent couronnes? Mais vous les aurez! Voici toujours......

L'HOMME *(comptant)*.

Quarante trois couronnes.

O.

Et voici un bracelet d'or qui vaut quelques couronnes aussi, et ces bagues.....

L'HOMME.

Tenez, si vous consentez à m'embrasser, c'est marché conclu!

Il l'embrasse.

O.

Foi de Normand?

L'HOMME.

Je suis un honnête homme!

O.

Adieu, donc! Si j'apprends que tu as dit vrai, tu seras récompensé.

Elle s'enfuit.

L'HOMME.

Elle se sauve? Elle se cache? Elle a donc peur? Et si je ne m'exécute pas, elle ne me fera rien? Eh, je serais stupide de me mettre une méchante affaire sur les bras pour une intrigue de femmes, où je ne comprends rien, d'ailleurs! Voici quarante trois couronnes et des bijoux! Je suis riche! Je ne commettrai pas le crime et je veux jouir de ma fortune. A moi, la joie!

SCÈNE VIII.

NUIT NUPTIALE.

GIDA

Viens, mon doux époux ! J'attends de pouvoir te prodiguer
mes caresses, comme c'est mon devoir : voici la première nuit,
que nous sommes ensemble : seuls enfin !

Viens ! mes bras s'ouvrent pour te recevoir !

Je ne t'aimais pas, tu sais, quand je t'ai dit, tu te rappelles,
à cette audience royale où j'allai avec Thornhilda : RÉUNISSEZ
SOUS VOTRE MAIN TOUS LES ROYAUMES NORMANDS ET JE
VOUS AIMERAI ET JE PARTAGERAI VOTRE LIT ! Je croyais
bien que tu aurais renoncé à moi. Mais tu as réuni tes chefs,
vous avez résolu l'unification de l'empire, et après des années
de labeurs, vous voici bien près de réussir dans votre entre-
prise. Déjà, toute la terre ferme qui porte des Normands,
t'appartient ; grand nombre d'îles aussi sont déjà à toi et les

witikinds que la mer t'a dérobés jusqu'à ce jour, te redoutent et seront subjugués aussi.

Je t'avais donné ma parole et me voici.

Un instant

Mais, Seigneur, mes paroles vous évitent; que regardes-tu, Harald, et qu'attends-tu?

.H.

Je regardais au loin, Gida, s'en aller, emportés sur des barques illuminées et bruyantes de chants et d'allégresse, malgré la neige qui tombe, les convives restés les derniers à nos fêtes nuptiales, et j'écoutais en leur joie, marier ton nom au mien. La nuit est si noire et le vent qui souffle dans la direction d'ici, si impétueux, que je ne perds de vue un seul de leurs flambeaux, qu'aucun de leurs cris ne m'échappe.

Tout à l'heure, une barque s'est engloutie, embrasée! — Quelque imprudente manœuvre, sans doute!

Alors, un instant, j'ai entendu des paroles de malédiction!

G.

Qu'importe tout cela, Harald?

H.

Il paraît que le jour où je suis né, le temps était plus affreux encore. Ce jour là, il ne fit pas clair, et il neiga, il neiga, que le poids de la neige assoma les chevaux! Et de grands malheurs arrivèrent.

G.

Qu'importe? Puisque tu m'aimes et que me voici?

H.

Gida!

G.

Ferme cette fenêtre et viens!

Harald va s'asseoir au pied du lit.

G.

(L'enveloppant de ses bras).

Ou, serait-ce, Seigneur, que tu ne m'aimerais pas? Dis?

Oh! Ces cheveux splendides et doux, comme j'aime à les caresser!

Et ces yeux doux aussi et profonds, profonds, d'une profondeur d'abîme, comme j'aime à m'y précipiter! Et à me sentir, m'en aller par là vers l'infini, l'infini d'amour! Et cette bouche brillante et douce, douce encore, douce toujours, douce comme toute chose qui vient de toi, et d'où jamais ne sortirent que des paroles de bonté et de pardon! Comme j'aime ta bouche! Et comme j'aimerai y déposer la vie de mon âme: mes baisers!

*Elle veut embrasser Harald;
celui-ci se recule.*

Qu'as-tu, mon époux? Pourquoi cette frayeur?
Ou ne serait-ce pas de la frayeur?

Un instant.

Mais, parle, Harald!
Ton silence m'épouvante!
Regarde-moi!
Tu ne veux, tu ne peux?

Elle se cache.

Malheur à moi!

*Harald s'est levé. Il a marché
dans la chambre. Puis s'est jeté à
genoux devant le lit, où Gida san-
glotante est restée cachée.*

H.

Écoute, Gida, et puis, que la volonté de Dieu s'accomplisse!
Ç'a été par bravade, que je résolus de conquérir tous les Normands et de faire de toi ma femme.

J'aimais. Celle sur qui s'était portée mon affection, m'avait trahi. Je m'étais présenté à elle comme un poète, élevé au dessus des autres hommes, seulement par le génie. Elle m'avait fait croire qu'elle m'aimait tel. Elle savait qui j'étais et ses engagements n'avaient été que sortilèges pour arriver au trône.

C'est de Thornhilda que je veux parler. Je voulus la tuer: elle échappa à la mort. Je m'étais donné à elle dans toute la virginité de mon âme : je l'aimais ! J'avais espéré que les fatigues des conquêtes, quelque autre femme, brillante comme tu l'es, l'étourdissement d'une vie où pas un instant ne serait abandonné à penser, la boisson, la débauche, la fatigue, la faim, la soif, le sommeil auraient pu m'enlever à elle ! J'ai fait tout cela. Et toujours ses paroles se réalisent : PAS PLUS QUE JE NE RENONCE A TOI, TU N'ES CAPABLE DE M'OU-BLIER JAMAIS !

Pourquoi faut-il que l'on aime ?

Tu ne comprends pas, jamais tu n'aimas ! Et tu ne peux admettre tant de bassesse unie à tant de fierté ! Car je suis fier ! Et, alors que bien des hommes, tous peut-être, ne résisteraient pas à l'appel de tes baisers, admirable femme, moi, dont la vie pourtant, n'eut qu'une ambition, l'amour, je te dédaigne.

Je te dédaigne, je ne te veux !

Gida reste cachée.
Long silence.

Il est un remède à nos maux, du moins, nous ne souffrirons pas tous les deux : tu ne m'aimes pas !

Un instant, éblouie par les fastes royales, profondément attachée d'ailleurs à ta parole, tu as consenti et tu as pris plaisir même à la comédie du mariage que nous venons de jouer. Tu as l'âme haute, pourtant, Aux heures de méditation proches ou lointaines, tu en arriverais à cette constatation, Gida : NON, CE N'ÉTAIT PAS LUI !

Et maintenant, m'aimes-tu ?

Nous sommes seuls !

Quelques instants.

Je t'entends pleurer ?

Pourrais-tu m'embrasser ?

Gida reste cachée.

Oui, je sais. Il est cruel à moi d'avoir lié ta vie à la mienne et puis de te répudier ! Je jure que j'ai cru, que j'aurais pu l'oublier, elle ! Je ne puis.

Ainsi, ai-je toujours été, malheureux !

Il pleure.
Quelques instants.
Soudain Gida avance la main,
Harald couvre la main de Gida de
baisers.

H.

Gida !

G.

Malheureux !

Je sais la vie que nos malheurs nous dictent maintenant.

Écoute. Harald. Épouse aussi Thornhilda. Les lois de nos Dieux le permettent et j'y consens. Elle seule, partagera ta couche ! Elle seule, à tes yeux, sera ton bien suprême, et moi je vivrai à vos côtés, seulement pour veiller sur votre bonheur, heureuse d'avoir pu y contribuer.

Qu'importent les joies que l'on ignore, que m'importe l'amour que je ne connais pas !

Harald a quitté la main de Gida.

Harald ! Encore tes regards se détournent de moi ! Y a-t-il, dans ce que je viens de dire, quelque offense ? Es-ce du dégoût que je t'inspire ?

H.

Nos lois permettent que l'on prenne plusieurs femmes. Mais, mais, j'appartiens à la foi nouvelle : je suis Chrétien ! Au nom du Père, du Fils et du Saint Esprit !

G.

Que dis-tu ? Tu as renié nos Dieux ?

Et puis, ensuite, après, soit, d'accord, mais, qu'importe ? Que fait cette révélation terrible ?

H.

Le Dieu des Chrétiens défend la polygamie !

G.

Oh !

H.

Tu le vois bien, notre malheur est irréparable ! Et pour

nous être joué du sacrement de l'amour, le reste de notre vie ne sera plus que tortures.

Quelques instants.

G.

Chrétien? mais aucun Chrétien n'est ici? Tu n'es pas Chrétien !

H.

Je le suis, puisque je le voudrais être ! Comme j'appartiens à Thornhilda, puisque je voudrais lui appartenir !

Ç'a été ainsi toute ma vie ! Je n'ai pas connu ma mère. Mon père était loin toujours. Mon enfance a été triste ! Oh, oui, triste profondément. Mon père mort, mon oncle Leif n'a cessé de me disputer le trône et la vie. Il est mort, en me maudisant. D'autres chefs ont hérité de sa haine. Ma tante Thorbjarg est morte de me voir souffrir. Mon peuple ne comprend pas le bien que je lui veux et mon règne lui pèse. Une affection m'était donnée: Ora. Vous le savez, dans un moment d'ivresse, par une surprise des sens, je l'ai rendue mère. Elle s'est enfuie redoutant ma fureur. Un Jarl puissant l'a recueillie et élève l'enfant. Et Ora est morte aussi de chagrin. Oh ! cet enfant comme je serais heureux de l'avoir auprès de moi, afin de pouvoir me faire pardonner par lui de n'avoir jamais aimé sa mère !

Partout, quoique je voulusse et que je fisse, j'ai semé autour de moi le chagrin, la honte !

Long silence.

G.

Tu vois, Harald, les feux de l'Orient? Avant que reparaisse le jour, je serai loin, vers l'enfant. Je dirai au Jarl, qui tu es et je ramènerai ton fils et le mien ! Tu seras débarrassé de moi, ainsi, pendant longtemps. Et j'espère qu'à mon retour, tu auras vu la vanité des croyances nouvelles et qu'à ce foyer, je trouve installée, l'épouse aimée. Et avec le bonheur, que tu trouveras à la voir auprès de toi, avec le dévouement que tu verras dans tout ce que je ferai pour vous, toi, elle, mon fils, avec les sourires de l'enfant, tu verras, nous ferons encore du bonheur.

Si Thornhilda n'est pas ici, si tu persistes dans tes chimères chrétiennes...

H.

Cela sera, Gida.

G.

Non !

H.

Gida !

G.

Non. Cela ne sera pas, te dis-je, parce que cela ne peut pas être, parce que cela serait trop terrible, parce que, comme une femme que je suis, un être d'instinct, et l'instinct ne trompe pas, je sais qu'on ne résiste pas aux appels de l'amour, fût-ce au prix de la damnation éternelle, parce que, enfin, cela n'est pas possible, entends-tu, parce que cela ne sera pas, que cela ne peut être, est ce que je sais, moi ?

H.

Et si cela était pourtant ! Si, à ton retour, j'aimais toujours Thornhilda et que je fusse toujours loin d'elle? Tu refuses de parler? Oh, je sais le projet conçu en ton cœur rempli maintenant de pitié pour moi: Tu te tuerais pour qu'il me fût possible de l'épouser, elle! Malheureux qui ne s'est pas créé une affection, qu'il ne doit la sacrifier ! Mais je ne veux pas, tu entends! Je veux que tu vives! Je veux auprès de moi, au moins, une personne que ne me haïsse pas!

G.

Où prends-tu que tel soit mon projet ?

H.

Je l'ai lu dans le feu de tes yeux, je l'ai entendu dans la vibration de ta voix, je l'ai senti dans l'émotion de ton étreinte!

G.

Laissez-moi partir, rester partie longtemps, vous ramener notre fils, et puis nous verrons. Dites vous seulement et n'en doutez jamais, Harald, que je sais maintenant qui est mon Roi, mon maître, et que je veux pour lui, pour toute sa vie, le plus de bonheur...

Et puis, laisse-moi commencer, dès maintenant, auprès de toi, l'œuvre de charité qui sera l'ambition de ma vie, à moi.

La nuit s'évanouit. Prenons quelque repos, avant que le jour paraisse. Couche-toi auprès de moi! N'hésite pas! Ne crains rien! Je ne suis plus ton épouse, je suis ton esclave!

H.

Vous êtes bonne, Gida!

Il se couche auprès d'elle.

SCÈNE IX.

TRIOMPHE DE THORNHILDA.

GUTTORM.

C'est ici. Jamais le Roi n'est rentré dans sa chambre à coucher, qui est là, sans s'arrêter ici. Ici, il a ses livres familiers. De cette fenêtre, il regarde souvent, de longues heures, la mer. Quand Ora était à la cour, c'est ici qu'elle quittait le Roi, souvent pour passer la nuit, couchée là, en travers de la porte. C'est ici enfin, que tous les soirs, quand je suis à Fidje, je viens prendre les ordres.

Soyez sans crainte, vous le verrez.

THORNHILDA.

C'est bien.

G.

Si vous le décidez à vous épouser, comme c'est votre projet, vous savez notre convention : Vous me ferez nommer Duc de mon pays natal rendu indépendant?

T.

Oui.

G.

Jurez le par Vara !

T.

Je le jure par Vara !

G.

Si vous pouvez le faire jurer par le Dieu des Chrétiens, il tiendra ses serments : Par le Père, le Fils, et le Saint Esprit ! N'oubliez pas !

T.

Je le sais. Par le Père, le Fils et le Saint Esprit.

G.

Quand nous l'entendrons se diriger de ce côté, vous vous cacherez d'abord.

T.

Je sais, Guttorm, ce que je veux et ce qu'il faut que je fasse.

G.

Là bas, derrière les ailes de la cheminée !
Le voici ! Thornhilda, cachez-vous, j'ai peur : pour cette trahison, j'ai mérité cent fois la mort !

Harald entre.

HARALD.

Toi, Guttorm, mon cher Général ? Toi, grâce à qui, nos armées viennent de remporter encore une fois une victoire éclatante, que dis-je, la plus éclatante, celle d'Hafusfurd, à la suite de laquelle tous les Normands sont enfin réunis en un seul empire ?

G.

Magnifique Harald !

H.

Je suis très content de vous, Guttorm. Dites-moi ce que je puis pour vous ; il me serait très agréable de m'acquitter de ma dette de reconnaissance et je vous donnerai tout ce que vous me demanderez. Sauf pourtant une parcelle de mon empire, si petite d'ailleurs soit-elle : il en a tant coûté à mon peuple !

G.

Magnifique Roi !

H.

Dites, Guttorm, que puis-je pour vous ?

G.

Vous me confondez, Maître : je ne suis pas préparé à cette question....

H.

D'habitude, vous êtes sincère, comme le tranchant des épées. Vous avez un air qui ne vous est pas habituel. Dites : en votre cœur comme au cœur de tout homme, il est une ambition ! Quelle est-elle ? Voulez-vous être Gouverneur en mon nom de votre pays natal ?

G.

Plus tard, Maître !

J'étais venu pour prendre les ordres. Que faut-il que l'on fasse des prisonniers ? Faut-il que l'on coupe la route à ceux qui s'enfuient vers l'Islande ?

H.

Quels sont les prisonniers et les fugitifs ? Les a-t-on interrogés ?

G.

Voici la liste des prisonniers et des principaux fuyards et ce qu'on a pu savoir d'eux.

Il s'asseyent près des flambeaux. Harald dépose son épée sur la table parmi les livres et examine la liste.

Il se produit alors du côté de la

cour, un bruit de voix, confus d'abord.

LES VOIX.

Harald! Harald Haarfager! Nous voulons Harald Haarfager! Nous voulons acclamer le vainqueur d'Hafusfurd! Harald, enfant chéri et père vénéré de tous les peuples normands! Harald, âme de la justice! Harald, âme de la valeur! Nous voulons Harald!

H.

Obéissons, Guttorm! Allons saluer le peuple!

G.

Ne craignez-vous pas qu'à la faveur de la nuit quelque ennemi...

H.

N'ai-je pas bravé la mort cent fois? A t-elle jamais voulu de moi? Et puis, mourir dans un acte généreux vers le peuple, n'est-ce pas la plus belle des morts?

LES VOIX.

Nous voulons Harald, le héros immortel d'Hafusfurd! Harald! Harald à la blonde chevelure! Enfant et père du peuple!

Harald et Guttorm se sont approchés de la fenêtre.

LES VOIX.

Vive le Roi! Vive le Roi! Silence! Silence! Vive Harald à la blonde chevelure! Vive Harald à l'abondante chevelure!

H.

Normands!

Vous me témoignez votre attachement à ma personne et à ma cause, aujourd'hui, comme vous avez tenu à le faire en d'innombrables occasions. Ma personne est à vous, vous le savez, et ma cause, vous savez aussi qu'elle est la vôtre. Vive le Peuple!

LES VOIX.

Vive Harald!

H.

Vive le Peuple!

Le Peuple est Roi, parce qu'il est le nombre et la force non seulement, et cela suffirait, mais aussi, parce que c'est de lui que procède tout progrès!

Ils sont venus d'en bas, ceux qu'on a vu briller aux plus hauts sommets de la gloire!

Il lui arrive d'errer? Eh! il connaît le repentir et il est de bonne foi toujours!

Il est méchant? Eh! tient-on compte des souffrances qui l'ont amené à la méchanceté dont il ne connaît d'ailleurs que la vengeance? Et n'est-il pas bon toujours quand seulement il croit à un malheur?

Et enfin ne suffit-il pas qu'il souffre pour qu'on se doive sentir irrésistiblement attiré vers lui?

Et c'est pour cela qu'au lendemain de mes premières campagnes et de mes premières lois, j'ai été vers vous et vous ai demandé: Dites, suis-je digne d'être votre chef? Suis-je le vôtre?

DES VOIX.

Vive Harald!

H

Mais je ne suis pas le seul qui mérite vos acclamations à la suite de cette campagne: un homme d'une haute valeur, Guttorm....

Harald amène Guttorm dans l'embrasure de la fenêtre.

DES VOIX.

Vive Guttorm!

H.

Vos acclamations ont achevé l'expression de ma pensée! Guttorm, comme lieutenant, vous est connu. Que je vous dise qui est l'homme. Il y a un instant, je lui demandai ce que je pourrais faire, pour lui marquer ma reconnaissance, et je lui disais que s'il le voulait, je le nommerais Gouverneur en mon nom de son pays natal, dont il me parle toujours avec attendrissement. Savez-vous sa réponse? PLUS TARD, MAÎTRE.

Cet homme ne croit jamais avoir assez bien fait!

DES VOIX.

Vive le nouveau Gouverneur!

Guttorm se retire.

H.

Je saisis cette nouvelle occasion qui m'est fournie de vous parler, pour vous répéter ma doctrine la plus chère.

Normands!

Soyons grands non pas seulement par l'étendue de notre puissance, soyons grands surtout par l'étendue de nos bontés : Aimez-vous les uns les autres! Sachez pardonner!

> *A ce moment, une flèche passe à côté d'Harald et tombe dans l'appartement. Il se produit alors des vociférations furieuses : A MORT LE TRAITRE! A MORT LE LACHE! A MORT! A MORT! A MORT!*

Calmez-vous! Quand de longues années m'auront permis de prouver à tous combien je vous aime, celui qui a voulu me tuer regrettera son œuvre. Pourquoi tuer celui que, certes, on aimera un jour?

Apprenez et cultivez, Normands, l'art du pardon. Là est le secret de la félicité!

Vive le Peuple!

LES VOIX.

Vive Harald! Vive Harald! Vive Harald!

> *Comme il se dispose à se retirer, une sonnerie de cors et, tout aussitôt après, une voix se font entendre.*

La voix.

Harald, écoutez-moi !

A la faveur de la nuit, j'ose élever la voix vers toi, illustre prince, et je suis certain que ce que je vais dire brûle les lèvres à tous.

Tu as envoyé ta femme Gida à la cour du Jarl où se trouve l'enfant que tu eus de l'esclave Ora. Nous voulons que tu aies des enfants sur la tête de qui reporter notre confiance au jour où tu mourras. Qui sait si Gida t'en donnera ? Dis, n'est-elle pas partie pour tuer celui que, dès maintenant, nous proclamons ton héritier ?

D'autres voix.

Oui, oui, réponds !

H.

Je me réjouis de cette question. Gida est partie pour ramener notre fils. Gida et moi, nous adorons cet enfant et nous saurons l'élever dans le culte du peuple et nous espérons qu'un jour il soit digne de vos suffrages.

Mon fils, le seul que j'aurai jamais, me succèdera, avec votre agrément, et comme j'espère qu'il aime et soit aimé, car il n'est pas possible que le père et le fils soient frappés, il aura des enfants et vous aurez de nombreux rois issus de moi !

Les voix.

Vive Harald ! Harald ! Harald ! Harald le Magnifique !

Toutes les voix.

Le Magnifique Harald !

> *Quand Harald a fini de parler,*
> *Thornhilda s'est avancée vers lui.*

Guttorm.

Que faites-vous ? Non ! Non ! Je vous en supplie !

Thornhilda.

Laissez, mon cher ! Depuis quand un général défend-il que l'on soit brave ? Et me voici sur le champ de bataille !

G.

Je n'ose!

> *Il s'enfuit.*
> *Après avoir salué le peuple,*
> *Harald s'est retourné. Il a vu devant*
> *lui Thornhilda et s'est reculé.*

H.

Toi?

LES VOIX.

Vive Harald! Harald! Harald! Le Magnifique Harald!

> *Elle se précipite sur lui, l'enve-*
> *loppe de ses bras et l'embrasse*
> *malgré ses résistances.*

T.

Viens! TU VERRAS COMME JE SAIS AIMER!
Rappelle-toi! La soirée d'automne où tu me vis pour la
première fois!..... Le matin de printemps où tu me dis que
tu m'aimais!...... Les funérailles de Leif!..... Rappelle-toi!

H.

Non! Non! Je te déteste!

T.

Si! Si! Tu m'aimes!

> *Elle le couvre de baisers. Harald*
> *essaye encore de se dégager, puis*
> *éclate en sanglots déchirants.*

A moi, ces larmes! Et comme tu riras cette nuit encore de
les avoir pleurées!
Aimer! Aimer! Aimer! Aimer!

LES VOIX.

Harald! Harald! Regarde les feux de joie que nous allu-
mons pour toi! Le Magnifique Harald! Le Valeureux Harald!

TOUTES LES VOIX.

Le Valeureux Harald !

T.

Aimer ! Aimer ! Aimer ! Aimer !

Le matin de printemps !.... MON THORGEST ! JE SUIS TON THORGEST, ENTENDS-TU, TON THORGEST, TOUT ENTIER, POUR TOUJOURS ! TON THORGEST !

> *Lueurs d'incendie. Vociférations de cors.*
>
> *Arrivés sur le seuil de la porte, Thornhilda a arrêté Harald.*

Dis, jure par le Dieu des Chrétiens, par le Père, le Fils et le Saint-Esprit, que tu feras de moi ta femme ?

> *Comme il hésite, elle redouble de fureur amoureuse.*

MON THORGEST ! MON THORGEST !

> *Elle l'entraîne.*

LES VOIX.

Harald ! Harald ! Regarde ! La flamme n'est pas plus pure que ne l'est ta conscience ! Le Valeureux Harald ! Le Divin Harald !

TOUTES LES VOIX.

Le Divin Harald !

> *Lueurs d'incendie. Vociférations de cors.*
>
> *Par la fenêtre restée ouverte, depuis quelques instants, est entrée une chauve-souris.*
>
> *Dans son vol capricieux, elle s'est heurtée d'abord au plafond, à la cheminée, aux meubles.*
>
> *Puis, soudain, Harald et Thornhilda partis, elle s'est précipitée vers les FLAMBEAUX qui se trouvent*

sur la table, parmi LES LIVRES, L'ÉPÉE.

Les flambeaux sont renversés. Ils tombent avec fracas et s'éteignent.

Et dans la nuit noire qui s'est faite subitement, on entend dégringoler un à un, A LA SUITE DE LA LUMIÈRE, LES LIVRES, L'ÉPÉE.

LES VOIX.

Harald ! Harald ! Le divin Harald ! Harald Dieu !

TOUTES LES VOIX.

Oui ! Oui ! Harald Dieu ! Harald Dieu ! Harald Dieu !

FIN D'HARALD ROI.

Achevé d'imprimer
par
Veuve DE BACKER a Anvers
pour
M. Paul LACOMBLEZ a Bruxelles
le
1er *Août* 1893.

www.ingramcontent.com/pod-product-compliance
Lightning Source LLC
LaVergne TN
LVHW020209030726
842520LV00003B/963